EN AVANT, TAHRN ET GAROÜN ! VOUS AVEZ À PRÉSENT 15 PRINTEMPS, IL EST TEMPS QUE VOUS NOUS DÉMONTRIEZ VOS TALENTS DE CHASSEURS ! SACHEZ QUE L'HONNEUR DU CLAN EST DÉSORMAIS AU BOUT DE VOS SAGAIES ET QUE NOUS AVONS TOUJOURS FAIM.
LA STEPPE EST À VOUS.

Graines de Sapiens

Scénario & Dessins

OLIS

Couleurs

BRUNO WESEL

BAMBOO ÉDITION

© DR

Et Homo sapiens inventa le rire !

Éclats de rire, éclats de silex, Olis façonne le gag comme Sapiens taillait le silex. Avec un geste précis, une économie de mots et un humour acéré, il nous promène sur la planète il y a quelques dizaines de milliers d'années.

La préhistoire comme terrain de jeu… Cet auteur l'a bien compris, la vie de nos ancêtres est un florilège de situations propres à créer le gag et à inventer le rire. Pourtant, l'exercice est difficile. Ici, point de ville, de village, de métiers, de voiture, de téléphone ou d'internet pour susciter la farce. Non !
Simplement de vastes paysages peuplés d'animaux et une poignée d'Homo sapiens qui a pour seul objectif de donner la vie et de la protéger pour mieux la transmettre… Alors Olis accroche son crayon au quotidien de ses deux héros, Tahrn et Garoûn et renvoie avec brio la « famille Pierrafeu » à des temps révolus…

À chaque page de cet album, l'humour premier nous attend au détour d'une marche, d'une chasse, d'une invention ou d'une grotte… Et l'on se surprend à accompagner les aventures de ces deux jeunes chasseurs Sapiens avec nos éclats de rire, empreints d'une réelle tendresse pour leur candeur, leur générosité et leur fabuleux amour de la vie.

Alors, quelques esprits chagrins diront qu'il ne faut pas rire de la préhistoire au risque de s'égarer dans le non-sens, et pourtant… Et pourtant souvenons-nous qu'en 2003, lorsque Yves Coppens et moi-même prenions le risque de raconter la grande Histoire par la petite histoire, à travers une paléo-fiction, L'Odyssée de l'Espèce, *beaucoup nous ont décriés. Mais, avec le temps, avec le succès, les critiques se sont tues, et à l'issue de ce film beaucoup de passions et de vocations sont nées pour la paléontologie.* Graines de Sapiens *n'en est que le juste prolongement… Rire de ce que nous aimons.*

Cet album ne s'arrête pas là. Grâce à son cahier pédagogique, il nous éclaire sur le paléolithique et nous rappelle que l'Homo sapiens d'hier n'est peut-être pas si éloigné de l'Homo sapiens d'aujourd'hui.
Et si du rire naissait une nouvelle vision de ce que nous avons été, avec la curiosité d'en savoir plus ? Alors ce tome 1 gagne son pari ! Plus qu'un simple divertissement, Olis, Wesel et Bamboo nous proposent une découverte ludique et amoureuse de l'ancien monde, avec cette envie, comme nos ancêtres, d'aller toujours plus loin, dans l'espérance impatiente qu'ils inventent très vite le tome 2.

Jacques Malaterre

?!
JE L'AI !!
?
GRÂÂ ?!
OÂH, DIS !! POUR LE LOISIR DES TRIBUS, Y AURAIT UN TRUC À FAIRE, PAR ICI !!
?!!

12.

...ILS... ILS VEULENT P'T'ÊT SIMPLEMENT JOUER ??...
À NOUS METTRE EN CHARPIE, OUI !!
C'EST QU'ILS ONT DÉJÀ LE COUP DE PAPATTE VIGOUREUX, MMMH ?
ET LES CANINES TAQUINES !!
LE SOIR TOMBE... ON N'EST PAS TROP MAL, ICI...
MAIS LE BUFFET DU COIN N'EST PAS TOP...
HÉ ! NOS P'TITS MONSTRES SONT PARTIS !...
TIENS, OUI...
MAIS C'EST VRAI QUE L'ENDROIT EST SYMPA... ET JE SUIS VANNÉ.
OÙ VAS-TU ?
REJOINDRE LE BOUT DE CETTE BRANCHE ! MA PETITE COUCHE M'Y ATTEND !
ALORS... BONNE NUIT À TOI AUSSI !!
CRRRR
ET QU'ELLE NOUS SOIT DOUCE...

NOS VAILLANTS ANCÊTRES AVAIENT AFFAIRE À UNE FAUNE REDOUTABLE.
BON... ON Y VA ?
BOF... AVEC CETTE CHALEUR, SI ON PROLONGEAIT LA SIESTE ?
LE TERRIBLE TIGRE À DENTS DE SABRE...
SNIF SNIF ?
...AMATEUR DE PROIES REMUANTES...
CADAVRES INERTES.
???
LA SINISTRE HYÈNE MUSQUÉE...
RRRÔÔÔZZZZ...
?
...CHAROGNARDE.
ZUT, ÇA VIT.
??
LE MONSTRUEUX RHINOCÉROS LAINEUX...
?
...STRICTEMENT VÉGÉTARIEN.
DE LOIN, JE CROYAIS À DE GROSSES TRUFFES.
SANS COMPTER LE VORACE "GRAND HURLEUR"...
RRRZZZ...
...TRÈS PEUREUX DE NATURE.
RRROÂFLBLBLZZZ...
?
GN !!
!!
LA PUCE ! VIVEMENT SON EXTINCTION.
2.

ON A ASSEZ SUBI LEURS RAILLERIES, À LA GROTTE ! AUJOURD'HUI, ON LES ÉPATERA EN LEUR RAMENANT...
UN BEAU GROS "LONG NEZ" ENTIER, J'AI COMPRIS.
ÇA Y EST !! JE CROIS QUE J'ENTENDS CE GROS MÂLE QUI RÔDE ICI TOUS LES JOURS !
ON PLONGE DANS CE FOURRÉ !
DIS DONC, IL A L'AIR PATRAQUE, TON GRAND MÂLE ! IL RISQUE D'ÊTRE CORIACE !
SNNRRFL
LA FERME !!
ATCHOOOMMFF
PRRFFFFHIHIHI ! C'... C'EST IDIOT !! PFFFFHIHIHIHI HAHAHÂ !...
T'ES DINGUE, NON ?!!
LE PLUS DUR SERA DE JUSTIFIER NOTRE ÉTAT POUR CE GENRE DE PRISES...
3.

VOILÀ ! LE GRAND HURLEUR QUI NOUS NARGUE DEPUIS DES JOURS VA AVOIR DES SURPRISES ! J'AI TRUFFÉ SON PASSAGE PRÉFÉRÉ DE...
BÔÔH !
CLÂK
KRR..
GAW
WOUAHÂHÂFF !!
AH, TE VOILÀ, TOI ?...
C'EST QUOI CE CRI, LÀ AU BOUT ??
LE RIRE BÊTE DU GRAND HURLEUR NARGUANT SON CHASSEUR.
4.

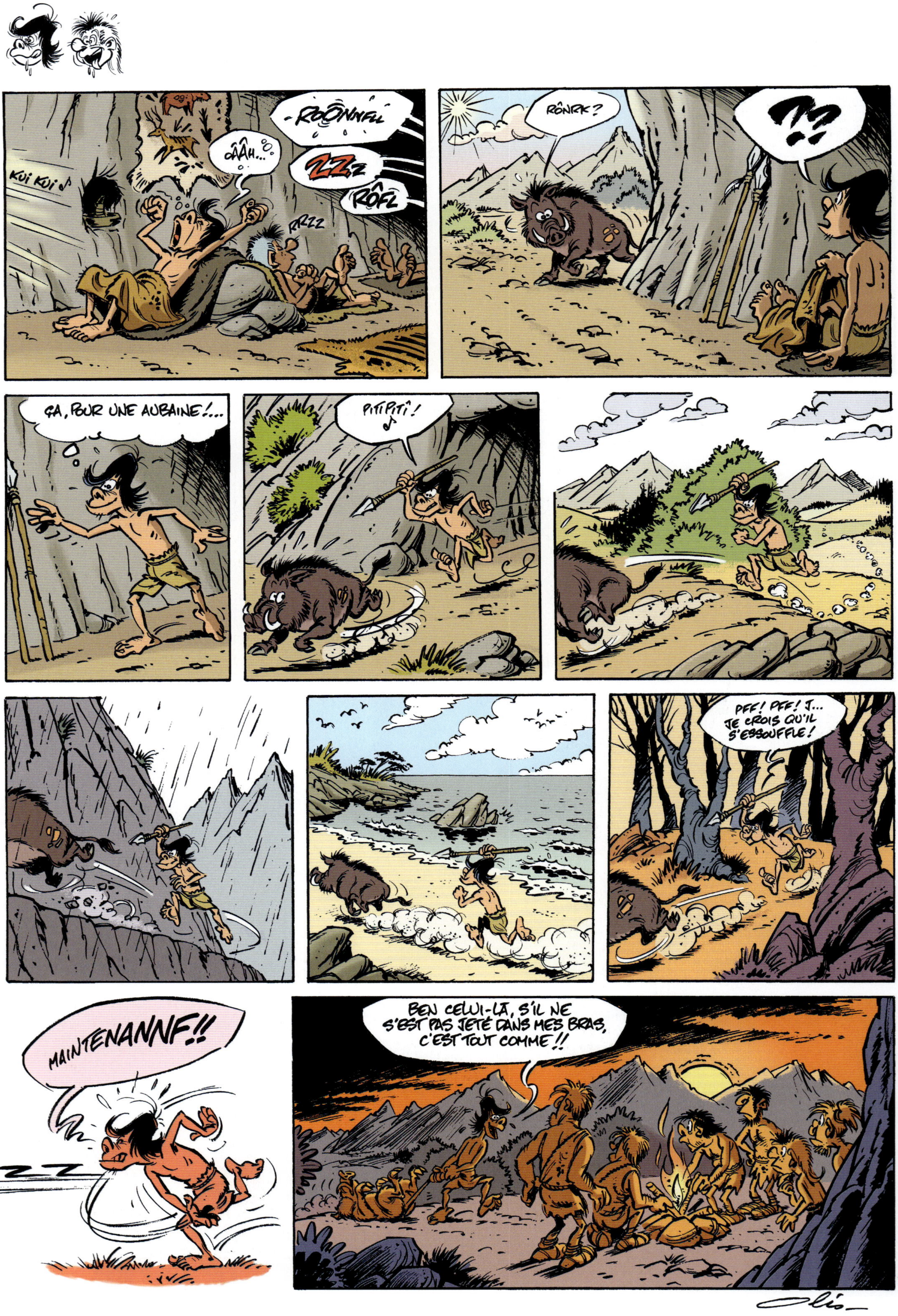

KUI KUI ♪
ÔÂÂH...
-ROÔNNFL
ZZZ
RÔFL
RZZZ
RÔNRK ?
?!
ÇA, POUR UNE AUBAINE !...
PITIPITI ! ♪
PFF ! PFF ! J... JE CROIS QU'IL S'ESSOUFFLE !
MAINTENANNF !!
BEN CELUI-LÀ, S'IL NE S'EST PAS JETÉ DANS MES BRAS, C'EST TOUT COMME !!
7.

ZZZz
zz
Z
RÔÔÔFL
GRRRôôôôo
?
ATTENDS!
'VAIS TE FAIRE DÉGUERPIR, MOI !!
HÉHÉ ! CES TERREURS SE DÉGONFLENT VITE !
RRRROÂÂÂRR...
'TTENTION, ÇA BRÛLE !!
AHOU, WOW-WÔW.
KSS-KSS...
Z'EN VOULEZ AUSSI ??
ALORS, QUOI ??
LUMIÈRE ET CHALEUR, SVP !!
ATTISE, MON VIEUX !
C'EST QUE... HEU...
ET VOILÀ ! LE FEU A CHANGÉ DE CAMP, HA HA ! ON PEUT RETOURNER AU NÔTRE...
BRAVO!
OUAIS, TES IMITATIONS DE CRIS SONT TOUJOURS AU TOP!
1.

GAROÛN A VOULU ALLER DE SON CÔTÉ, AUJOURD'HUI... JE POURRAI ESSAYER TRANQUILLEMENT MA NOUVELLE RUSE DE CHASSE...
ÇA Y EST ! JE CROIS QUE ÇA SENT LE...
OUI !!! UN PETIT "LONG NEZ" ISOLÉ ! C'EST TENDRE ET SAVOUREUX, ÇA !!
ALLONS-Y ! J'ENFILE CETTE PEAU DE PETIT BÊLANT QUE JE ME SUIS CONFECTIONNÉE...
IL ME RESTE À L'APPROCHER... AFFECTUEUSEMENT...
MEUH ! EUH... BÊ ! BÊ ! BÊ !
BÊ ! BÊ !
JE PRENDS CETTE BÛCHE QUI TOMBE À PIC, ET...
NOK
ALORS, ON ME PIQUE MES IDÉES ?!?
ÇA, C'EST LA MEILLEURE DE L'ÈRE !!
5.

GNÂP SCROTCH CRUNCH
... MA RÉCOLTE DU JOUR VA Y PASSER ! PUIS ÇA SERA MON TOUR,
ÇA Y EST ! JE SUIS À SEC !!
ALLEZ ! LE PANIER ?
GNAP
SCRONTCH CRÂTCH CRUNCH
IL ME RESTE MA PELISSE ! APRÈS ÇA, J'SUIS CRU !!
HOP !
MOÛNTCH MÂCH MOUCH...
BLRP !
IL EST GAVÉ !... SAUVÉ !!
JE L'AI EU, PAR SA GLOUTONNERIE, HA HA HA !!
JE SUIS LE ROÂÂ DE LA STEPPE !!
6-

EH BEN ! SI AVEC ÇA, ILS NE NOUS FONT PAS LA FÊTE, À LA GROTTE !!
ATTENDS QU'ON Y ARRIVE !!
MÂCH GLÔP
GLUP
BLRP!
ALLEZ ! C'EST CERTAINEMENT PLEIN DE BONNE MOELLE, TOUT ÇA...
J'EN BAVE D'AVANCE.
GLP
BLRP
BLÔRP
SCROTCH GLP!
9

AHOUUUUUUU...
GRÔÔÔÔÔ...
KRR KRR...
LE FROID, LA PEUR, LA FAIM... RAS-LE-CRÂNE ! VIVEMENT QUE L'HOMME INVENTE LE CONFORT !
LE QUOI ?!
BEN, LES CHAMPIGNONS QU'ON A MANGÉS HIER SOIR M'ONT DONNÉ DE DRÔLES DE VISIONS, CETTE NUIT... DES VISIONS DE "DEMAIN"...
C'EST-À-DIRE ?
BEN... IMAGINE UNE... GRANDE BOÎTE QUI FERAIT DU FROID TOUTE SEULE... POUR CONSERVER NOS ALIMENTS PENDANT DES JOURS !
BRRRRRRR...
NOS REPAS SERAIENT TOUT PRÉPARÉS, DANS DES PETITES "BARQUETTES"...
MMH... RAGOÛT DE MAMMOUTHEAU ET PURÉE DE BLATTES DES GROTTES ...
QU'IL SUFFIRAIT DE PLACER QUELQUES INSTANTS DANS UNE BOÎTE À RÉCHAUFFER...
DJJJJJJJJJJ... DING
ON SE GAVERAIT SANS PLUS SE SOUCIER DE RIEN, BIEN AU CHAUD...
... À CÔTÉ DE FOYERS MAGIQUES, QUI FONCTIONNERAIENT EN TOURNANT UN SIMPLE "BOUTON"...
POUR SE DÉPLACER, PLUS DE PROBLÈME ! ON MONTERAIT À BORD DE... GROSSES "CAISSES" ROULANTES...
... QUI NOUS MÈNERAIENT OÙ BON NOUS SEMBLE ! ÇA SERAIT LE TOP, NON ?
ET LA PLANÈTE ? TU VEUX LA TUER, LA PLANÈTE ?!?
!?
... LA QUOI ?!
J'SAIS PAS... J'AI EU MOI-MÊME DES VISIONS IDIOTES, CETTE NUIT...
10.

!!
19A

POURQUOI LES "VISIONS DE NUIT" C'EST SOUVENT LE TOP, ET LA RÉA-LITÉ TOUJOURS LE FLÔP ??
RRRR
ROOÔFBLBL
RRR
19B

CETTE PISTE EST NOUVELLE POUR NOUS... SOYONS SUR NOS GAR...
...AÏÏE ?!!
?
ON PASSE SUR LE BOUT DES ORTEILS, GAROÜN !!
Calin
?!
"TROP CRAQUANT, TROP CRAQUANT"!! JE T'EN FO...TERAIS, MOI !!
TAHRN, TU AS PERDU TON ÂME D'ENFANT !!
11.

... À TOI, TAHRN. CHOISIS.
?
?
DÉSOLÉ, VIEUX, C'EST TOI QUI AS LA PLUS COURTE.
ET ALORS ?!?
?
?
C'EST UN TRUC QUE J'AI APPRIS D'UNE TRIBU VOISINE. QUAND LA FAIM REND DINGUE, ET C'EST MON CAS, ON DÉSIGNE CELUI QUI SERA BOUFFÉ.
ARRÊTE TES BÊTISES, GAROÛN !! KASTÂR DOIT REVENIR DE LA CHASSE ! ON PEUT COMPTER SUR LUI !
NON. IL EST CERTAINEMENT PERDU, ÉPUISÉ... J'EN SUIS SÛR.
ET MOI, J'AI FAIM. DÉSOLÉ.
MAIS ARRÊTE TES...
PARDON POUR CE RETARD, LES GARS...
?
?!?
?
MAIS JE ME SUIS PRIS CETTE SALE ÉPINE DANS LE PIED ! REGARDEZ L'HORREUR !!
NOK
IL EST MALADE, CELUI-LÀ ?!?
J... J'AI FAIM.
INSTALLE-TOI, GAROÛN, ON MANGE TOUT DE SUITE.
IL... IL T'EXPRIME SA RECONNAISSANCE !
OOOH, LA BELLE PRISE, KASTÂR !
8

R... REVIENS, TAHRN ! C'EST CASSE-CRÂNE !!
DÉSOLÉ, CES MACHINS-LÀ SE MANGENT ! ET EN CETTE SAISON...
TAHRN !!
KRAK
KRRR
KRR
LE TOUT EST DE RETOMBER SUR MES...
MF !
C'EST MOI LE CHAAAT DE LA STEPPE !!
14.

ASSEZ HIBERNÉ, LES JEUNES LOMBRÎKS ! C'EST LE RENOUVEAU, DEHORS ! L'ÉCOLE DE LA CHASSE REPREND !
ET PUIS, ON A LA FRINGALE, LÀ...
ET APPLIQUEZ-VOUS UN BON COUP ! HOP !
OUAIS, OUAIS, ÇA VA !
Y A PAS LA GUERRE DU FEU, HEIN...
CRITCH
CRATCH
SI VOUS PERMETTEZ, ON VA ENCORE HIBERNER QUELQUES JOURS... QUE TOUT ÇA SE CALME UN PEU !
AH OUAIS, ALORS. OHLALALA, PFFFT !
20-

CE TERRIER DOIT BIEN ABOUTIR À UNE BOULE DE POILS COMESTIBLE !
...?!!
TCHAC TCHAC TCHAC TCHAC
ALORS ?
RIEN. QUE DU TOC, DU CLINQUANT ET DE L'INUTILE.
16

... ET VOILÀ ! ÇA VALAIT LE COUP DE LUI COURIR APRÈS, QUOI ?
BIEN, BIEN. À PRÉSENT, LE PARDON.
TU NE VAS PAS RECOMMENCER ??
PARDON, PETITE TRUFFE, PARDON ! NOUS NE SOMMES MÛS QUE PAR LA FAIM ! SACHE QUE NOUS FERONS HONNEUR À TA CHAIR !
AH, LES BAIES BLEUES ! IL NOUS EN FAUT.
PARDON DE TE DÉPOUILLER, L'ARBUSTE ! MAIS TES PETITS FRUITS NOUS PLAISENT TANT ! SACHE QUE NOUS EN FERONS UNE BELLE COMPOTE !!
ASSEZ CUEILLI. ON Y VA !
... PARDON DE T'AVOIR HEURTÉE, LA ROCHE ! MAIS JE SUIS PARFOIS SI ÉTOURDI !
ALORS, TU VIENS ?
... PARDON DE T'AVOIR FRAPPÉ, PETIT MOÛSTIK ! MAIS JE CRAINS TANT TA PIQÛRE ! SACHE QUE...
PARDON POUR CETTE BEIGNE, MON FRÈRE, MAIS TU M'AGACES TELLEMENT !
VOIS-TU ?
PARDON DE TE LA RENDRE, MON POTE, MAIS ŒIL POUR ŒIL, D'AC ?!
PARDON, MON FRÈRE, OH, PARDON !
NON, NON, C'EST MOI !
PRENDS ÇA ! PARDON !
MON P... POTE ?!
17.

IL EST PILE DANS L'AXE! ON L'AURA À COUP SÛR, JE TE DIS!
M'OUAIS...
DONC, AU MENU CE SOIR : BOUILLIE DE GRAND GRIFFU? BEUH.
POUSSE, !!
ROL
HÉ?!!
!
FALLAIT VRAIMENT QU'ON SUIVE?!
PIK
POK
PUK
P... PAIX À TOI, GRAND CHAT.
ON S'EN TIRE BIEN : IL N'AVAIT PAS FAIM!
JUSTE L'ENVIE DE FAIRE JOUJOU, QUOI!
18.

BON, ON S'EST ASSEZ TRIMBALLÉS - POUR RIEN - AUJOURD'HUI. LA NUIT TOMBE. DODO. ICI.
OH OUI, OH OUI !
AAAAH, MERVEIL-LEUX ! ON DIRAIT QUE CETTE PLACE A ÉTÉ FAÇONNÉE POUR MON CORPS... ET DE TON CÔTÉ ?
?
NON ! ÇA GROUILLE ET ÇA PIQUE.
AH, ZUT... MMMMMZzz...
...AAH, MAIS VOILÀ ! ELLE M'ATTEN-DAIT ICI, MA PETITE COUCHE !!
MMMMMH... ?
MAIS Y A-T-IL ICI UNE PLACE POUR ACCUEILLIR UN P'TIT CHASSEUR FOURBU, ?!!
AAAH, VOILÀ DU VRAI MOELLEUX ! DU CONFORTABLE !
?
UN PEU DE PLACE, LES MIOCHES.
ET ON SE RENDORT, MAINTENANT.
15

COURS TOUJOURS, JE TE RATTRAPE !
HÉÉ OUI ! LA VIE EST UNE VOIE SANS ISSUE, MON PETIT !
ARRÊÊÊTE, PETITE TRUFFE ! OUIII, TU ES CRAQUANTE ! MAIS TU ES UNE PROIE, POUR MOI ! "MANGER ET ÊTRE MANGÉ", TELLE EST LA DURE LOI ! VIENS, QUE JE T'EXPLI...
HIIIHIHI !
OUCHOUILLOUCH !!
MOI ET MES ÉTATS D'ÂME !!
AH, GAROÜN ! JE TE PRÉSENTE UN NOUVEAU COPAIN ! LA NATURE PEUT ÊTRE PURE MERVEILLE, NON ?
SLURP
NOUS SOMMES DES PRIMITIFS INSENSIBLES, TAHRN.
CHOMP MÂCH CRUNCH
21.

OH! UNE PETITE GLUANTE!!
UNE "COASSEUSE" PLUTÔT...
PARAÎT QUE LEURS CUISSES SONT UN RÉGAL! ÇA MANQUE À NOS EXPÉRIENCES DE SAVEURS...
EH BIEN, ATTRAPE-LÀ! QU'ON SE MARRE!
HOP! HAHÂ!!
S'EN TIRERA PAS COMME ÇA!
ALLEZ, JE T'ATTENDS ICI.
MAIS C'EST LE PARADIS DE LA CUISSE, ICI! HÉ HÉ!
ET IL Y EN A DE BELLE TAILLE!
LE TOUT EST D'ÊTRE LE PLUS VIF!
?
SLEKBL
AH, JE L'ENTENDS QUI REVIENT...
ALORS, LA PÊCHE A ÉTÉ BONNE?
NAN.
SANS RIRE, J'AI PAS PU EN TOUCHER **UNE** SEULE.

22.

QUELLE AUBAINE! JEUNE, DODU ET APPÉTISSANT...
VOILÀ QUI NOURRIRA LA TRIBU POUR UNE LUNAISON! ET FERA MA PETITE GLOIRE!
TAHRN!!
??
REGARDE LÀ-BAS! NON MAIS REGARDE!!
LA GRANDE VOÛTE AU SEPT TEINTES!!
MERVEILLEUX! ET ALORS?
LES ANCIENS DISENT QU'À SES PIEDS ATTENDENT GLOIRE ET OPULENCE POUR QUI LES ATTEINDRA!!
M'OUAIS... D'AUTRES DISENT QUE CETTE VOÛTE EST INATTEIGNABLE...
ET QUE PLUS ON S'EN APPROCHE, PLUS ELLE S'ÉLOI...
EN AVANT! FAUT TENTER NOTRE CHANCE! AVANT QU'ELLE DISPARAISSE!
CE SERA JUSTE UNE PETITE... BALADE...
LE TOUT EST DE NE PAS LA PERDRE DE VUE!!
25

OUAIS, OUAIS, LES CRO-KAMBUSH ! ON NE FAIT QUE PASSER !
NE BARBOTONS PAS ! ELLE NOUS ATTEND !
COURAGE ! C'EST LA DERNIÈRE LIGNE DROITE !
KRÔMLECH !! ELLE... ELLE DISPARAÎT !!
C'EST CE QU'IL SE PASSE QUAND LA PLUIE S'ARRÊTE, FIGURE-TOI !
ATTENDS ! ELLE DEVAIT PRENDRE NAISSANCE DERRIÈRE CE GROS ROCHER !
OUIIII !!
GLOIRE ET OPULENCE, HA HA !!
DU PERSIL ! PLEIN DE BON PERSIL FRAIS POUR RELEVER DÉLICIEUSEMENT NOS RAGOÛTS !! HA HA !
JEUNE, DODU ET APPÉTISSANT... TU FERAS ASSEZ BIEN L'AFFAIRE, AU FOND.
GBLMGNBLMGN...
25 B.

BADABOOOOMMMMM
KRÂÂK
AAAAAH!! GROSSE COLÈRE!! J'LA SENTAIS VENIR!
!!
BROÔOMMM
C'EST TOMBÉ SUR CE G☆*! D'ARBRE QUI LE MÉRITAIT SÛREMENT, HA HA! FEU À VOLONTÉ!
C'EST UN DON DU "GRAND TOUT" QUI NE SE REFUSE PAS!
ZÛT! APRÈS LA COLÈRE, LES LARMES, ÉVIDEMMENT!
À LA GROTTE, VITE!!
VITE! AÏE! VITE! AÏE! VITE! AÏE! VITE!
OOOOH!... LE JJJOU BÂTON FUMANT QUE TU NOUS RAPPORTES, TAHRN!...
G☆AÏE!!
PSHHH
ET LE TIEN, GAROÛN... ??
PLÔP
REÛH
UNE TELLE DOMINATION DU FEU MÉRITAIT CE HOURAH COLLECTIF!!
OH, LE TOUT EST DE SALIVER EN SUFFISANCE!

EN CES TEMPS PRIMITIFS, LES HUMEURS ÉTAIENT EXACERBÉES...
RÂÂH! PAS L'OMBRE DU BOUT D'UN MUSEAU!!
TOUS PLANQUÉS, AUJOURD'HUI!!
Y COMPRIS CELLES DU CIEL...
KRÂKABÂOOOOM
ET QUAND CELUI-CI SE METTAIT EN PÉTARD, C'ÉTAIT LE SAUVE-QUI-PEUT...
VIIIITE, UN ABRI!!
...CHEZ TOUS LES ANIMAUX... UN SEUL MOT D'ORDRE, ALORS : SE BLOTTIR...
KRABRRÂOUMMMM
...AU FOND D'UN TROU...
BROOOOOOMMMMM
SANS RIVALITÉ NI DISTINCTION ENTRE ESPÈCES...
BRADABÂOOOOMMH
JUSQU'À LA SOUDAINE ET BIENFAISANTE ACCALMIE.
KS-KS! I... ICI, SALES BÊTES!!
GIBIER DÉGONFLÉ!!
23.

DES BÊTES DANS LA SURVIE, VOILÀ CE QU'ON EST.
NON, GAROÛN, NOUS NE SOMMES PAS DES BÊTES. CERTES, L'ÉPOQUE EST DURE, MAIS JE PENSE QUE NOUS SOMMES UNE ESPÈCE À PART, ENGAGÉE DANS UNE ÉVOLUTION QUI...
?
SNF SNF?
SNÔRFL?
FSH FSHH!
RRRRRRRFL!
OÛRK! OÛRK!
RÔRK!
ÎRK! ÎRK!
FSHHHH!
ROOÔÔÔÔRR...
GRFSHRRK?
OÏRK!
Ô!Ô!Ô!
GRÂ!
GRÔMLBGRR...
FT! FT!
GRÔ!
ON PARLAIT DE QUOI, DÉJÀ?
SAIS PLUS. LE TROU.
26

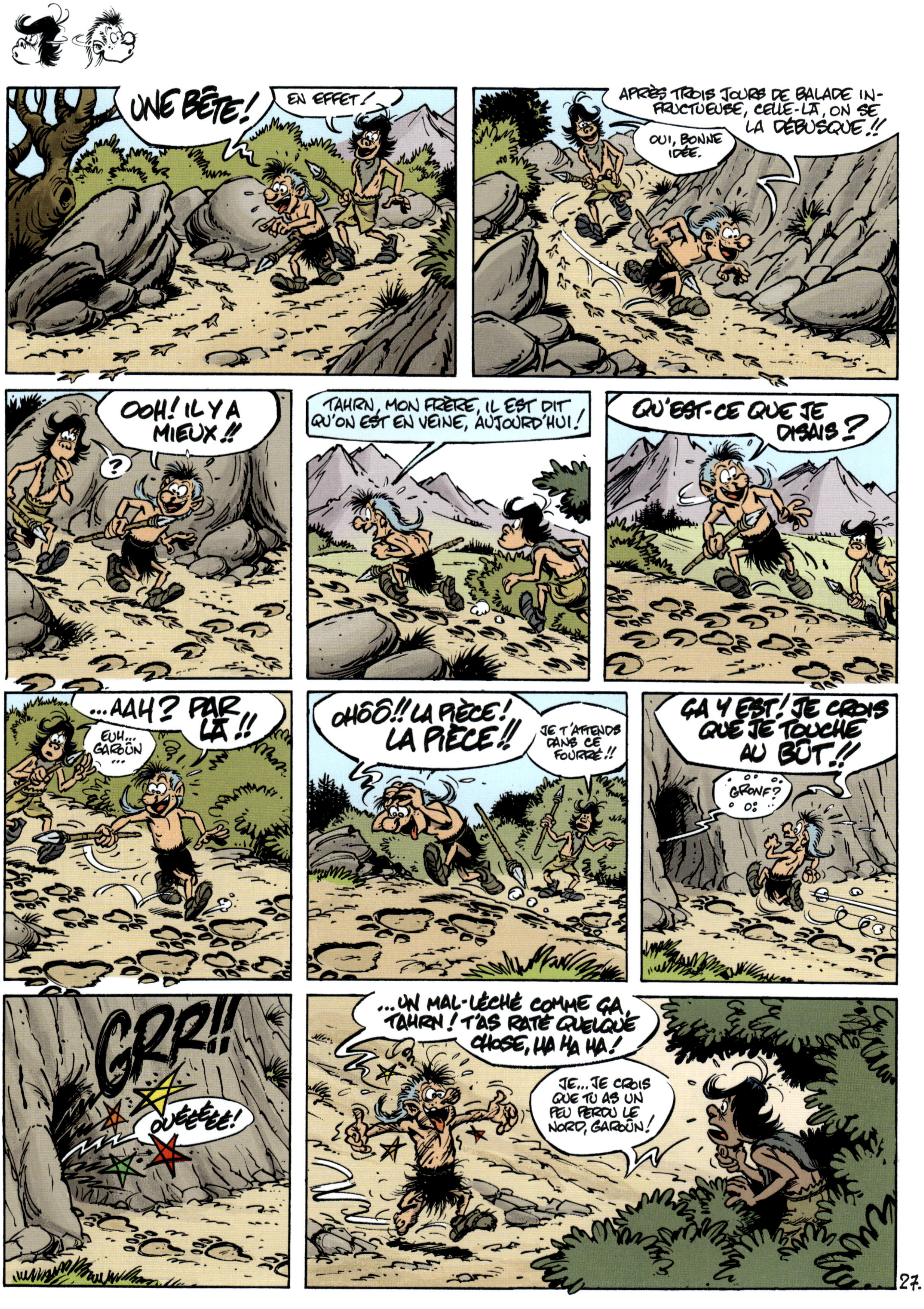
UNE BÊTE !
EN EFFET !
APRÈS TROIS JOURS DE BALADE INFRUCTUEUSE, CELLE-LÀ, ON SE LA DÉBUSQUE !!
OUI, BONNE IDÉE.
OOH! IL Y A MIEUX !!
?
TAHRN, MON FRÈRE, IL EST DIT QU'ON EST EN VEINE, AUJOURD'HUI !
QU'EST-CE QUE JE DISAIS ?
...AAH? PAR LÀ !!
EUH... GAROÛN ...
OHÔÔ!! LA PIÈCE ! LA PIÈCE !!
JE T'ATTENDS DANS CE FOURRÉ !!
ÇA Y EST! JE CROIS QUE JE TOUCHE AU BÛT !!
GRONF?
GRR !!
OUÉÉÉÉÉ!
...UN MAL-LÉCHÉ COMME ÇA, TAHRN ! T'AS RATÉ QUELQUE CHOSE, HA HA HA !
JE... JE CROIS QUE TU AS UN PEU PERDU LE NORD, GAROÛN !
27.

... ALLONS-Y ! GAROÛN A EU MAINTENANT LE TEMPS DE FAIRE LE TOUR...
... POUR QU'ON PUISSE ENSEMBLE SERRER* CETTE BÉBÊTE...
J'ESPÈRE QUE TAHRN ARRIVE BIEN DE L'AUTRE CÔTÉ...
* PRENDRE EN TENAILLE.
JE L'AI !!
MOI AUSSI !!
C'EST BON, TU PEUX LÂCHER !
ET POURQUOI MOI, JE TE PRIE ?
LÂCHE, JE TE DIS ! C'EST D'ABORD MA PRISE, VU ??
AH ? ET DEPUIS QUAND ??
DEPUIS QUE J'AI EU L'IDÉE DE CE SERRAGE !!
M... MON ŒIL !! ON L'A EU ENSEMBLE !!
TON ŒIL ?? VOILÀ POUR LUI !!
CRÂNE DE SAURIEN !
BLATTE DES GROTTES !
RÉPÈTE !
JE SAIS : C'EST LA MATURITÉ QUI NOUS FAIT ENCORE DÉFAUT.
C'EST ÇA. SURTOUT CHEZ TOI !
RÉPÈTE ?
28.

ENCORE BREDOUILLES ! PRÊT À TE FAIRE TAPER SUR LE CRÂNE, À LA GROTTE ?
ATTENDS, ON PEUT ENCORE TOMBER SUR UNE PETITE BÉBÊ...
G... GROS MAL-LÉCHÉ EN VUE, GAROÛN !!
ON FAIT LES MORTS !
BONNE CHANCE, VIEUX !!
?
?
?
?
?
TEUHREUH...
ET REGARDE ! CE SOIR, FESTIN À LA GROTTE !!
?
29.

GR
AH, TE V'LÀ ! D'OÙ VIENS-TU ?
DE VOIR MA MORT... DE REVOIR MA VIE... ENFIN, LES DEUX...
31.

JOURNÉE CUEILLETTE, LES LOMBRÏKS !
PETITE RÉCRÉATION !
NOUS VOULONS DEUX PLEINS PANIERS DE VÉGÉTAUX COMESTIBLES, COMPRIS? ALLEZ, OÜSTH !
ET POUR UNE FOIS, NE BATIFOLEZ PAS !
N'OUBLIEZ PAS LES FRUITS, LES GARÇONS ! DES BAIES BLEUES, ON EN RAFFOLE !!
JOURNÉE CUEILLETTE !! NOUS PRENNENT VRAIMENT POUR DES GRELÜCHES !!
MOI, JE NE COMPTE PAS M'AVENTURER TRÈS LOIN !
BEN, VOILÀ ! UNE "DENT-DE-GRAND-GRIFFU" ! ELLE REMPLIRA BIEN MON PANIER !
MMMMF ! TENACE, LA
CE SERA NOTRE PRISE À TOUS LES DEUX, D'ÂC. ?
CRRRRRR
BROLOLOMM
J'ENTENDS RABAJOÂH CRIER DE NOUS DÉPÊCHER... QU'IL PUISSE NOUS METTRE LA TANNÉE DE LA SAISON !!
OUAIS MAIS HÉ-HÉÉÉ !

32.

C'EST VRAIMENT ICI QU'ON TROUVE LES MEILLEURES ROCHES À FEU !
OUI, MAIS NE TRAÎNONS PAS ! ON RISQUE DE TOMBER SUR LES...
HOMMES, VOUS ÊTES SUR NOTRE TERRITOIRE QUE VOUS ENVAHISSEZ ET PILLEZ. NOUS ALLONS VOUS CASSER LE CRÂNE.
??
V... VOUS ÊTES LES STOG... LES GLO...
OS-TROGLOTHS.
ATTENDEZ !! COMME NOUS COMPTIONS FAIRE VOTRE CONNAISSANCE, NOUS NE SOMMES PAS VENUS LES MAINS VIDES !
GAROÛN, LE SAC À BABIOLES !
VOILÀ : CONTRE QUELQUES ROCHES À FEU, NOUS VOUS TROQUONS...
DES OUTILS TRANCHANTS ! NOTRE SPÉCIALITÉ DEPUIS... EUH... TROIS GÉNÉRATIONS !
ON SE PASSE DE CES MACHINS. NOS MASSUES SERVENT À TOUT. ENTRE AUTRES, À CASSER DES CRÂNES.
'TTENDEZ !! NOUS AVONS AUSSI...
?
LE PLAT ET LE PIQUE-NOURRITURE !! TRÈS COMMODE POUR LE MIAM-SLÜRP DU SOIR !!

INUTILE. NOUS DÉVORONS ET LAPONS, COMME FRÈRE LOUP, NOTRE NOBLE MODÈLE.
DES PARURES ! POUR METTRE VOS CORPS - DÉJÀ SUPERBES - EN VALEUR ?!!
LES PARURES DÉNATURENT LE CORPS PARFAIT DONT NOUS A GRATIFIÉ LE "GRAND TOUT" ?!!
GRRRRRR...
ET LE RIRE ? LE SENS DE LA DRÔLERIE ? VOUS AVEZ, ÇA ?
LE... LE QUOI ??
MAIS OUI ! ÉCOUTEZ ÇA : QU'EST-CE QUI EST VERT ET QUI POUSSE AU BORD DE LA MARE ?...
UNE COASSEUSE QUI FAIT... POPO !
?
? ? ? ?
PFFFT !
HI HI HI !
HÉHÉÉ ?
HÂ !
HI HO HO !
HAHAHA
HOHOHO !
WOUÂ HAHA !
HOU HOU HOU !
HUHUHOUU !... QUELLE SENSATION DÉLICIEUSE ?!!
JE ME SENS DÉTENDU, RAGAILLARDI !!
J'AI DU SOLEIL PLEIN LA TÊTE !
OH, QUE C'EST BON !
ALLEZ, ENCORE UNE OU DEUX COMME CELLE-LÀ, ET ON VOUS RELÂCHE !
OH OUI, ENCORE !!
UNE AUTRE, VITE !
OUAIS, OUAIS !
?
PUISQU'ON VOUS DIT QUE C'EST LA SEULE CONNUE !!
ENCORE !
ENCORE !
ENCORE !
EH BIEN, INVENTEZ-EN D'AUTRES ! VOUS SEREZ PEUT-ÊTRE DES PRÉCURSEURS !
UN GROS COUP SUR LE CRÂNE, POUR L'INSPIRATION ?
30B

J... JE VAIS TOMBER, TAHRN! T'ENTENDS?... JE...
ON Y EST, GAROÛN! LA MARE DES ROCHERS ROUGES! LÀ!!
BROLOLOMMM
BROLOLOMM
BROLÔMM
BROLOLÔMMM
SSSSSUUURRRRRP
!!
BLRP
BLURP
ILS NOUS NARGUENT... DEPUIS QUE J'AI VOULU EMBROCHER LEUR PETIT, LA SAISON DERNIÈRE...
EH BIEN, VA FAIRE TES EXCUSES!!

ALORS? OÙ TU NOUS EMMÈNES, À LA FIN?
AU PIED DE LA COLLINE VERTE! DES "PETITS BÊLANTS" Y PAISSENT PAR DIZAINES, EN CETTE SAISON! ON N'AURA QU'À SE SERVIR...
AAAH, D'ACCORD! ET JE PARIE QUE DANS TON SAC, TU AS TON DÉGUISEMENT IDIOT!
MA TRÈS BELLE PEAU DE LEURRE, TU VEUX?
ET SI TU ME LAISSAIS FAIRE LE COUP, CETTE FOIS-CI?
OUI, MAIS SERAS-TU CRÉDIBLE EN PETIT BÊLANT? AS-TU DES DONS D'IMITATION PROPRES AUX BONS...
DONNE. JE VAIS TE MONTRER ÇA.
LE CRI EST "BÊÊÊ" SUR UN TON BIEN GEIGNARD...
JE CROIS QUE C'EST DANS MES CORDES.
BÊ...
!!!
DUR-DUR, LA VIE DE PETIT BÊLANT!!
TU DOIS ÊTRE UN PEU TROP DOUÉ... ET APPÉTISSANT!
34.

ALORS, TU ME LA FAIS, TA DÉMONSTRATION DE TA "NOUVELLE ARME DE JET QUI VA TOUT RÉVOLUTIONNER" ?
LÀ, MAINTENANT ?
LE "LANCE-ROC" ! PENSÉ SUR LES PROPRIÉTÉS DU NERF D'AUROCHS !
D'ABORD, CHOISIR UN PROJECTILE... NI TROP GRAND, NI TROP PETIT...
TU VOIS LA GROTTE, LÀ-BAS ?... IMAGINE QU'UN GROS MAL-LÉCHÉ Y LOGE...
ATTENTIOONN ...
... JE LÂCHE !
SLÂK
AÏE ?!
QUI A LANCÉ ÇA, SAPERLOTTE ?
C'EST TOI, LE JEUNE SAPIENS, LÀ ??
MON PETIT D'HOMME, JE FERME LES YEUX CETTE FOIS-CI, MAIS AU PROCHAIN COUP, JE T'ARRACHE LA TÊTE ET JE T'ÉTRIPE, C'EST COMPRIS ? REPRENDS TA PIERRE.
GAROÛN ?...
HÉ-HO ! GAROÛN !
AH, TU REVIENS À TOI... QU'EST-CE QUE TU AS FABRIQUÉ, MON VIEUX ??
U... UNE ERREUR DE MANIEMENT : J'AI LÂCHÉ LE MANCHE À LA PLACE DE LA PIERRE, ET IL M'EST REVENU DANS LA TRONCHE !!
35.

QU'EST-CE QUE TU FABRIQUES ENCORE ?
J'AI PERFECTIONNÉ MON LANCE-ROC AU NERF D'AUROCHS !
JE COMPTE FAIRE MOUCHE SUR UN VIEUX "GRAND BRAMEUR" QUI PASSE PAR ICI TOUTES LES FINS DE JOURNÉE !
JE L'ATTENDS, LÀ...
DOÏNG DOÏNG
AAAAH ?... QUAND ON PARLE DU GRAND BRAMEUR... METS-TOI À L'ÉCART, VITE !
ATTENTION ! FAUT QU'IL SOIT BIEN...
CRRRR
CRRRR
CRRR
...DANS MA VISÉE !
MAIS C'EST UNE "RAMURE PLATE" ?
MAINTENANT !!
SLÂK
ZZZ
ZZZ
TACATACATAC
ZZZ
TAK
!!! LE GIBIER EST D'UNE INSOUCIANCE, CES TEMPS-CI !!
JE NE SAIS PAS POURQUOI, J'AI ENVIE DE DIRE "UN À ZÉRO" !!
36

AAAH, ON VEUT SE DÉROBER?
TU NE PERDS RIEN POUR ATTEN...
?
OUAÏCH?! DES URTICANTES!!
MAINTENANT QUE JE SUIS DANS LE BAIN, AUTANT EN FINIR !! OÙ EST CETTE...
GNiiiiHiHiK!
RICANE, MA JOLIE! J'ARRIVE!
OUÏCH!
GNiiiiHiHiK!
GNNMMF!!
J'T'AURAI, PETITE, J'T'AURAI! OUAÏCH!
HiHiHiHiK!
CE SOIR, SOUPE AUX URTICANTES.
QUE JE N'AIE PAS MORFLÉ POUR RIEN.
37.

ROONN
ROÔ
ROAFLFL
RRR
RROÔÔoo
SHHT! SHHHHT!
ROÔÔ RRR
SNNMMMF
GRAÂÂ
BÂÂR!!!!!
ROÂR
KOF KOF! TEUHEU! BROMPF...
BRMF... MGNNNN... ...RZZZZ...
RRÔFL
FSHHHH!
OÛÛRK!
FSST! FSSST!
ROÂR!
OÛRK!
FSHHT!
38.

HOU HOUUU
ÊTRE OBLIGÉ DE BIVOUAQUER DANS CE COIN HOSTILE !!...
OUAIS, ON S'EST UN PEU TROP ÉLOIGNÉS... DEMAIN, ON REJOINDRA LA GROTTE.
BON. VOILÀ POUR LE FEU !
OCCUPE-T'EN, TU VEUX ? J'SUIS MORT... D'AILLEURS...
... SI ON SE PASSAIT DE FEU CE SOIR, MMMMH ?... MGNZZZ...
CRR
?
ZZZ
ÇA DEVRAIT MARCHER !
?!!
NEUTRALISÉ !! UN NOUVEAU TRUC À RETENIR, TAHRN !
39.

ATTENTION ! CES BÉBÊTES-LÀ ONT LE CUIR ÉPAIS !!
OUAIS ? TU VEUX VOIR MON TIR FULGURANT ?
ZZZZ
POÏNG
?
!
JE VOIS : ÇA LE CHATOUILLE !
BEN, ESSAYE, TOI !!
HI HI !
ZZZZ
POÏNG
LÀ, ÇA LE GRATOUILLE !
ÇA SUFFIT ! CAILLASSAGE NOURRI !!
HI HI !
HI HI HI !
NON. IL SE PAIE NOTRE CRÂNE, DÉFINITIVEMENT. ALLEZ, ON S'EN VA.
ON TE LAISSE ! T'AS GAGNÉ, VA, ESPÈCE...
...DE GROS ENFLÉ HILARE ET BAS DE LA TROMPE !!
CHATOUILLEUX ET SUSCEPTIBLE !!
C'EST VRAI QUE C'EST PAS PAREIL !
40.

KRRRÔMLECH !! MÊME AVEC CE CIEL BOUCHÉ, ÇA COGNE !
OUI, NOUS AVONS UNE "BELLE SAISON" UN PEU LOURDE...
KRAKABAOUM
AAAAH ?? GROSSE COLÈRE !!
...DE CHALEUR !! C'EST TOUT BON, ÇA !
BRRAOOOUUUUUUUMMMMMMM
ATTENDS !! TU VEUX TE RAFRAÎCHIR ? DOMINE TA PEUR !
OUVRE GRAND TON BEC, ET ACCUEILLE L'EAU BIENFAISANTE QUE NOUS ENVOIE LE...
GLOÂP
AGLÔP
NON, DÉCIDÉMENT, ÇA VEUT COGNER...
Ç... ÇA RAFRAÎCHIT QUAND MÊME, NON ?
41.

« Quand tu ne sais plus où tu vas… Arrête-toi…
Retourne-toi… Et regarde d'où tu viens. »

Proverbe africain.

Sapiens, la vie des hommes

Commentaires de Jacques Malaterre

Mais qui est donc Sapiens ? Est-il un homme préhistorique ? Un préhumain ? Un singe évolué ? Est-il vraiment différent de nous ? Eh bien, non ! Sapiens, en fait, c'est vous, c'est nous, c'est tout le monde ! Sapiens, c'est l'Homme d'aujourd'hui. L'un des cinq représentants de l'espèce des hominidés (avec l'orang-outan, le gorille, le bonobo et le chimpanzé) et le seul du genre humain *(homo).*

Après des centaines de milliers d'années d'évolution, des grands singes de la savane africaine aux hominidés qui ont conquis la planète entière, Sapiens a fini par acquérir tout ce qui compose notre vie d'aujourd'hui : la famille, la vie en communauté, l'agriculture, l'élevage, la technologie, la coopération ou bien encore l'art.

La grande histoire de l'humanité, qui a débuté dans les grandes forêts du continent africain, continue ainsi de s'écrire jour après jour. Découvrons celui qui en est le principal protagoniste.

Crâne de Toumaï.

Les origines de Sapiens

Il y a huit millions d'années, la planète est confrontée à une nouvelle période glaciaire. Sous l'effet du refroidissement, l'eau est aspirée par les pôles et une immense calotte de glace se forme en Europe et en Asie. Les effets de ce changement de climat se font ressentir partout sur le globe. Ainsi, en Afrique, les grands singes voient leur forêt disparaître. Deux d'entre eux, **Orrorin et Toumaï**, s'adaptent à la savane. Ce nouvel environnement leur donne la possibilité d'inventer une nouvelle façon de se déplacer : ils se mettent debout.

Ils disparaissent il y a quatre millions d'années en donnant naissance à de nouvelles espèces mieux adaptées : **les australopithèques.** Lucy et ses congénères se mettent en marche. Ils survivent en se nourrissant de végétaux de plus en plus durs et coriaces, puis disparaissent à leur tour, victimes de leur fragilité et des prédateurs.

C'est alors qu'apparaît **Homo habilis,** l'Homme habile, le premier véritable représentant du genre humain, ses ancêtres étant regroupés sous la dénomination d'hominidés[1]. Habilis invente l'outil, commence à agir sur le monde et à le parcourir. Mais l'évolution ne s'arrête jamais, et il passe le relais à **Homo erectus,** l'homme dressé, le découvreur du feu. Le pouvoir de l'Homme fait un bond immense dans le monde animal.

À partir d'**Homo erectus,** deux espèces (au moins) vont évoluer sur la Terre **(Neandertal et Sapiens)**. Deux millions d'années après l'arrivée de son ancêtre en Europe, **Neandertal** peuple le continent de l'Atlantique à l'Oural. Il s'est adapté au froid qui s'installait et est devenu une force de la nature. Mais vers -27 000, **Neandertal** s'éteint. **Sapiens** représente désormais la dernière espèce humaine.

1. Famille de primates regroupant les bonobos, les chimpanzés, les gorilles, les orangs-outans et les humains. Plusieurs autres espèces disparues font partie des hominidés.

« *Homo sapiens : l'homme qui sait, Homo sapiens sapiens : l'homme qui sait qu'il sait, voilà comment l'homme d'aujourd'hui a eu la prétention de se nommer. Pourtant, la connaissance est infinie et il y a beaucoup à apprendre de ceux d'hier… Alors, qu'il s'appelle Habilis, Erectus ou Neandertal… ils restent nos pères.* »

Jacques Malaterre

Les ancêtres de Sapiens

© Tim Evanson

Australopithèque

© DR

Homo habilis

© Lillyundfreya

Homo erectus

© DR

Neandertal

Le temps des voyages

Partis d'Afrique, les ancêtres de Sapiens migrent en quête de viande et de plantes à consommer. Le niveau de la mer étant beaucoup plus bas à cette époque (environ 120 mètres de moins que de nos jours), les voyages entre les continents s'en trouvent donc facilités. Faisant preuve d'une admirable adaptabilité, Sapiens gagne en premier lieu le Proche-Orient, pour ensuite, entre -100 000 et -50 000 ans, conquérir presque tous les territoires de la planète.

Vers -60 000 ans, Sapiens va remonter du Proche-Orient jusqu'au sud de l'Europe pour découvrir une autre espèce différente et très évoluée : Neandertal. À son contact, Sapiens va découvrir quantité de choses nouvelles. La longue cohabitation régionale observée dans le sud-ouest de la France plaide d'ailleurs en faveur d'échanges culturels entre Sapiens et Neandertal.

À la même époque, Sapiens découvre également l'Australie, une terre immense détachée du reste du monde depuis des millions d'années. Pour ce faire, il développe la navigation et étend ainsi son territoire de chasse aux mers et aux océans.

Plus rien n'arrête l'expansion de Sapiens. Toutes les zones du globe sont ainsi visitées par le dernier représentant de l'espèce humaine.

> *« Comme nos ancêtres, nous sommes et resterons de grands découvreurs. Avec cette envie intimement liée à nos gènes d'aller toujours plus loin, d'aller regarder de l'autre côté de la montagne... Aujourd'hui, elle s'appelle Lune, Mars ou Saturne... Puissions-nous le faire avec le même respect de la vie qu'avaient nos aïeux à la préhistoire. »*

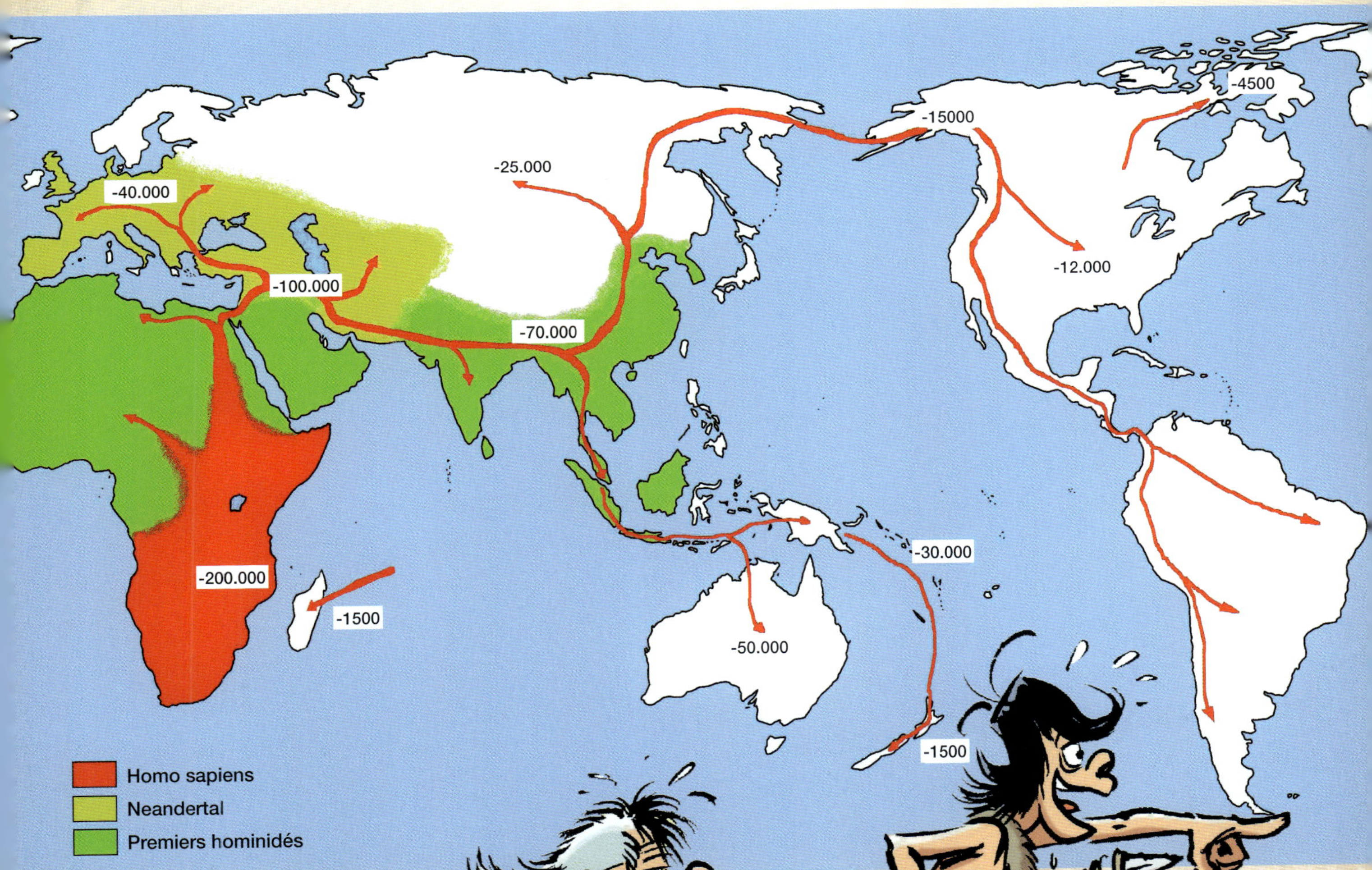

Expansion d'Homo sapiens. © Altaileopard

Foyer, doux foyer !

Avec le grand réchauffement climatique qui se produit vers -12 000 ans (et que nous connaissons encore aujourd'hui), les conditions de vie des hommes et des animaux vont changer. C'est la fin d'une longue période glaciaire et dans de nombreux endroits de la planète, Sapiens découvre des forêts giboyeuses et riches en plantes sauvages. Ce sont des endroits où il dispose de tout ce qu'il lui faut pour vivre toute l'année durant.

Sapiens va alors s'arrêter de marcher et décider de se fixer. D'une existence nomade où il trouve des refuges naturels ou des campements provisoires au gré des saisons et de la disponibilité de la nourriture, il va devenir sédentaire. Il construit des villages de pierre faits pour durer. La vie clanique se modifie également et la famille se resserre autour du couple. La société de Sapiens commence à prendre sa tournure moderne.

Mais l'évolution des mœurs de Sapiens ne concerne pas uniquement son mode de vie, elle remonte à beaucoup plus loin et touche à des concepts plus abstraits. En effet, aux alentours de -100 000 ans, au Proche-Orient, Sapiens va faire une découverte qui va le propulser dans le futur. Son cerveau qui s'est modifié lui permet maintenant de concevoir un autre monde, en dehors du réel. Le langage évolue et Sapiens prend conscience qu'il peut évoquer des faits imaginaires, se référer au futur et se créer une symbolique.

Avec la pensée symbolique apparaît le temps des croyances chamaniques. Le monde des esprits côtoie maintenant celui des vivants. On offre des sépultures aux défunts. La plus ancienne trace d'inhumation date de -100 000 ans sur le site de Qafzeh, en Israël.

« *Le paléolithique laisse la place au néolithique, porteur de ce qui constitue les bases de nos sociétés d'aujourd'hui. Un grand pas en avant qui laisse sur le bord de la route toutes les belles valeurs du nomadisme qui ont accompagné nos vies pendant plus de 500 000 ans. Et si on se les réappropriait…* »

Scène de la vie quotidienne : le feu et le travail des métaux.
Crédit photo : © Véronique Pagnier

Ci-dessus, à gauche : Le Mammouth
Scène de chasse de Paul Jamin (1885)
Ci-dessus, à droite : Mammouth, rhinocéros laineux et tigre à dents de sabres : trois animaux qui partageaient leurs territoires avec Sapiens.

Qu'est-ce qu'on mange ?

Sapiens est omnivore et opportuniste, c'est-à-dire qu'il mange ce qu'il trouve quand il le trouve. Cela peut être des végétaux, de la viande, du poisson, au gré de ce que lui offre la nature.

Les ancêtres de Sapiens ont une alimentation composée en grande partie de végétaux (feuilles, fruits, baies, etc.), mais ils consomment également de la viande qu'ils prélèvent sur les cadavres laissés par d'autres animaux.

La chasse se développe avec Homo erectus qui invente armes et outils pour mener à bien cette activité. La pratique de la chasse le pousse à étendre son territoire et à modifier son mode de vie. Le régime alimentaire d'Homo neanderthalensis est d'ailleurs presque exclusivement composé de viande. En effet, l'époque glaciaire a raréfié la végétation et la chasse est devenue synonyme de survie. Sapiens commence son évolution durant cette période qui se poursuivra jusqu'à -12 000 ans. À partir de ce moment, les glaces reculent et la végétation reprend ses droits. Sapiens ajoute la cueillette à la chasse.

Vers -40 000 ans, la chasse aux grands mammifères commence à se répandre sur toute la planète. La capacité à tuer d'aussi gros animaux que le mammouth suppose la coordination de très nombreux chasseurs, issus de plusieurs clans, pour abattre, dépecer et préparer les animaux.

Les récentes recherches nous éclairent un peu plus sur ce que l'on trouvait au menu de Sapiens. Si la nourriture cuite apparaît bien avant Sapiens, dès la découverte du feu entre -700 000 et -800 000 ans, les galettes cuites à base de céréales font leur apparition vers 9 500 ans au Proche-Orient. Le néolithique voit l'arrivée des laitages, des légumineuses et des viandes issues de l'élevage (moutons, chèvres, bœufs). On retrouve des traces de fermentation du lait (fromage) en Pologne et en Allemagne à partir de -5 500 ans, la fermentation alcoolisée arrive, quant à elle, plus tard, vers -3 000 avant notre ère.

L'adaptabilité de Sapiens est considérable, comme on le voit. Il est capable de créer des techniques de chasse, des outils, de modifier les structures sociales. Là réside certainement le secret de son expansion sur Terre.

« *Admirable chasseur, Homo sapiens se savait fragile et partie intégrante de la nature. Il ne lui prenait que ce dont il avait besoin et remerciait chaque animal de lui offrir sa vie pour prolonger la sienne. Jamais il ne s'est pensé plus fort que la planète… Une philosophie de vie qui nous semble bien dérisoire aujourd'hui lorsque nos seules préoccupations sont de chevaucher les apocalyptiques machines du pouvoir !* »

La survie est dans le pré

Vers -12 000 ans, un nouveau phénomène va apporter une force considérable à Sapiens : la domestication des animaux et le début de l'élevage. Le chien apparaît comme la première espèce animale domestiquée à partir du loup. Ce phénomène donnera aux hommes l'idée d'apprivoiser d'autres espèces animales, de les protéger et de les utiliser. Ce sera le cas des ongulés (moutons, bœufs, chèvres) que des groupes sédentaires vont domestiquer au Proche-Orient tout en développant l'agriculture.

Malgré ce début d'élevage, la chasse reste le principal apport de viande pour Sapiens. Il faudra attendre plusieurs millénaires pour que l'élevage devienne source principale de nourriture pour l'Homme. Entre -4 000 et -3 000 ans, en Asie et en Europe de l'Est, le cheval est domestiqué par des peuples nomades.

Parallèlement, à partir du huitième millénaire avant notre ère, l'agriculture se propage de la Mésopotamie au reste du monde en quelques siècles. S'il commence par semer les graines sauvages qu'il recueille, Sapiens va peu à peu sélectionner celles qui donnent les meilleures plantes. D'une sélection hasardeuse et inconsciente, il va peu à peu passer à une sélection réfléchie et maîtrisée. Le blé, l'orge, les pois ou les lentilles apparaissent au Proche-Orient, le millet et le riz en Chine, et le maïs, les courges ou les haricots au Mexique.

L'agriculture et la domestication animale modifient la vie des hommes. En effet, elles vont permettre à Sapiens de nourrir une plus grande population. Les regroupements sont de plus en plus denses et on assiste à un accroissement vertigineux de la démographie.

C'est la fin des milieux naturels. Partout l'Homme va changer, modifier et s'approprier son environnement.

« C'est en observant la nature et en la déclinant que nos ancêtres ont inventé le progrès... Bonne ou mauvaise chose ? Vaste débat ! Alors on se prend à rêver de marcher dans leurs traces sans oublier ce qui faisait leur quotidien, le respect de l'autre, le respect de la vie. »

Reconstitution d'un village au néolithique (Wels - Autriche)

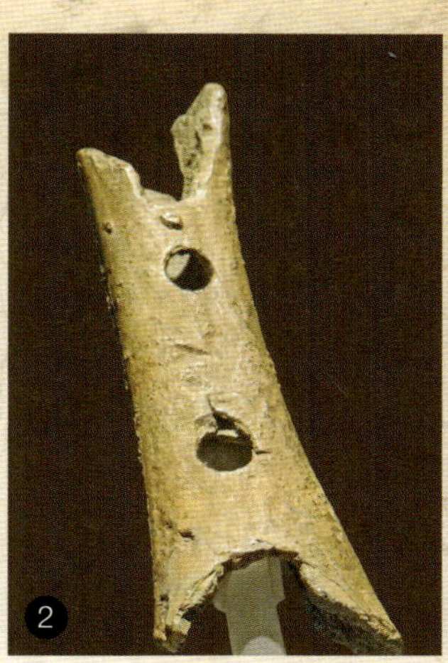

C'est joli ! C'est de l'Art ?

Au fur et à mesure que le rythme de sa vie change, Sapiens développe sa créativité : il sculpte ses objets, fabrique des parures et décore ses outils. C'est une véritable explosion culturelle. Dans certains endroits de la planète, une création humaine surpuissante va voir le jour : l'art pariétal[2]. L'art va devenir un message.

L'art est un message collectif, il fédère les hommes, unifie les croyances, lie les hommes entre eux. Parce que, face à l'œuvre, plus d'humains se reconnaissent comme appartenant au même groupe. L'art est pacificateur et vecteur de tolérance. L'artiste devient une forme de prêtre. L'œuvre raconte le mythe des origines. Il est comme un grand texte sacré. L'art convertit…

L'un des plus anciens objets gravés est un bloc d'ocre gravé de signes géométriques trouvé dans la grotte de Blombos, en Afrique du Sud. Il aurait 77 000 ans. Le plus vieil instrument de musique date d'au moins 43 000 ans. Il s'agit d'une flûte taillée dans le fémur d'un jeune ours des cavernes. Elle a été trouvée en Slovénie.

Entre -30 000 et -20 000 ans, des chefs-d'œuvre apparaissent sur presque toute la planète, à des milliers de kilomètres les uns des autres. Comme si tous les Homo sapiens s'étaient donné le mot. Partout, l'art rassemble des petits groupes d'hommes et les fédère en communautés plus vastes.

2. L'art pariétal désigne l'ensemble des œuvres d'art laissées par l'homme sur les parois des grottes.

« Et si la première page blanche était la paroi d'une roche. Et si le premier crayon était un bout de charbon de bois. Et si la première couleur s'appelait l'ocre… Alors Homo sapiens est l'inventeur de la première bande dessinée ! Pour notre plus grand bonheur. »

Ci-dessus :

1. Altamira-1880 : Relevé du plafond aux polychromes de la grotte d'Altamira (Espagne), publié par M. Sanz de Sautuola en 1880.

2. Flûte paléolithique : morceau de fémur d'ours percé de deux trous découvert dans la grotte de Divje Babe (Alpes) et interprété par les archéologues comme la partie d'une flûte fabriquée par un homme de Neandertal (Musée national de Slovénie, Ljubljana). © dalbera

3. Détail de la grotte de Lascaux (Dordogne). © Prof Saxx

D'évolution en révolution

Comme nous l'avons vu, Sapiens s'est merveilleusement adapté à son environnement, il a dompté la nature et l'a modelée pour qu'elle lui «obéisse». Il a délaissé peu à peu le statut de chasseur-cueilleur nomade de ses ancêtres pour devenir sédentaire et producteur de ses propres ressources. Cette «révolution» intervient 10 000 ans avant notre ère, dans tous les endroits colonisés de la planète. C'est un processus irréversible que l'on nomme par le terme de néolithique : nouvel âge de la pierre. Cette période, dite également période de la pierre polie, succède au paléolithique, période de la vieille pierre, ou de la pierre taillée.

Le néolithique est marqué par plusieurs grandes étapes qui révolutionnent le mode de vie de Sapiens : l'abandon du statut de nomade, la création de villages sédentaires, l'invention de l'agriculture et les prémisses de l'élevage. Le néolithique va d'ailleurs voir la population mondiale être multipliée par 10. De 6 à 8 millions à la fin du paléolithique, les humains vont être plus de 80 millions à peupler la Terre vers -8 000 ans.

Propulseur à la « hyène rampante ».
Musée national de Préhistoire aux Eyzies-de-Tayac-Sireuil.
© Pymouss

Vases - Musée de la Préhistoire des Gorges du Verdon.
© Service communication du conseil général des Alpes de Haute-Provence

Ce nouveau mode de vie va s'accompagner de plusieurs autres inventions au cours des millénaires qui vont suivre : araire (outil permettant de labourer la terre), outils perfectionnés (hache, lame), bijoux, céramique, poterie…

Une fois de plus, Sapiens va conquérir les territoires, mais, cette fois, pour s'y installer et fonder de nouveaux villages. Puis les villages vont se fédérer, passer des alliances. Des hiérarchies vont s'installer.

Bientôt ces populations immenses vont s'unifier pour devenir des peuples.

Cro-Magnon - Musée de la Préhistoire des Gorges du Verdon.
© Service communication du conseil général des Alpes de Haute-Provence

Pour être alerté de la sortie du prochain album, rendez-vous sur www.bamboo.fr/alerte-nouveaute

www.bamboo.fr

La fabrication de cet album répond au processus de développement durable engagé par Bamboo Édition.
Il a été imprimé sur du papier certifié PEFC.

PEFC
PEFC/10-31-1800
PROMOUVOIR LA GESTION DURABLE DE LA FORÊT

Printed in France
Imprimé et relié en France par PPO Graphic, 91120 Palaiseau

116 chemin des Jonchères
71850 CHARNAY-LÈS-MÂCON
Tél. 03 85 34 99 09 - Fax 03 85 34 47 55
Site Web : www.bamboo.fr
E-mail : bamboo@bamboo.fr

PREMIÈRE ÉDITION
Dépôt légal : juillet 2018
ISBN : 978-2-8189-4446-2